꽃에
따뜻한 땅

낮에 뜨는 달·3

만화 혜윰

arte POP

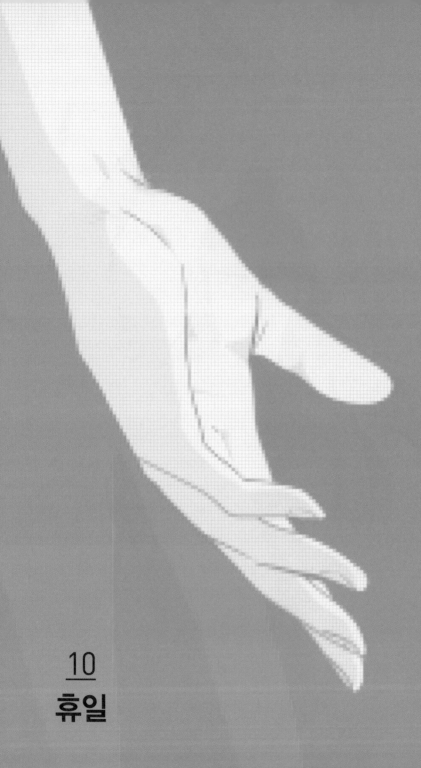

10
휴일

나 영화랑
둘이 있을 땐

불편할 때가
있어서.

응? 뭐?

지금 뭐야?
뒷담?

누나.

...아.

무슨 얘기
하던 중이야?
내 얘기?

별거 아냐.

아, 그게.

형이…

영화 시간 다 됐다.

들어가야지.

아, 뭐야~. 말 돌리니까 더 수상하네!

그냥 순순히 부시지!

민오 선배!

잘 먹을게요, 선배!

감사합니다!

그래, 나중에 보자.

아까 걔들이잖아….

누구야? 후배?

어, 같은 수업 듣는 애들.

밖에서 만났는데도 뭐 사 주고 그래?

들어가야 되는데 안 보내 주길래….

흐음.

네가 관심 있다고 착각하거나 막 그러는 거 아니야~?

착각할 게 뭐가 있었다고….

잘해 주면 착각할 수도 있지~!

잘해 준다고 다 그런 오해받으면 무서워서 어떻게 사람한테 잘해 줘?

아무튼 그런 애들 아니야.

터엉,

옆에 앉고
싶었는데….

그러고 보니
그 불편인지
뭔지 하는
얘기는
못 들었네.

영화랑
둘이 있을 땐
불편할 때가
있어서.

잘해 준다고
다 그런 오해받으면
무서워서 어떻게
사람한테 잘해 줘?

나도…

착각으로
시작했다고.

네가 누구에게나
그렇게 잘해 주고
친절한 줄도 모르고

나한테 관심이
있는 줄 알았어.

별로
행복해 보이지
않는걸.

뭐?

그렇게
민오 민오 하더니
같이 있어도
기분은 별로인 거
같길래.

너만 없었어도
열 배는 좋았어.

따라간다니까
정말 데려온 건
형인데
왜 날 탓해?

형이 그렇게
좋아?

그래서 내가
방해돼?

네 탓은 아니지….

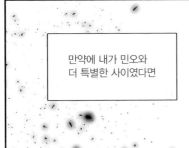

만약에 내가 민오와
더 특별한 사이였다면

어쩌다 한 번
데이트에 동생을
데리고 나와도

다른 사람에게
호의를 보여도

의미 모를 이야기를
엿들어도 이렇게까지
심란하지는
않았을지도 몰라.

지금은 누구에게나 주는
친절 그 이상은 없는 것 같아서

그런 기분 때문에 더….

응?

민오 선배!

아직 안 갔네?
영화 시간 기다려?

선배 나오는 거
기다렸죠~.

나를?

아까 웬 여자분이랑 같이 계시던데….

여자 친구예요?

아니, 여자 친구는 아닌데….

정말요?!

그럼 괜찮겠네~!

뭐? 뭐야?

저희 지금 술 한잔하려고 했거든요!

선배도 같이 가요. 네?

미안, 나 일행 있어서.

다 같이 가면 되죠!

안 그래도 저…

선배한테 할 말도 있단 말이에요.

뭔지는 몰라도 지금 말하면 안 돼?

선배가 팝콘 사 주셨으니까 저희가 술 한잔 살 겸~.

얘기는 한잔 마시면서 천천히 해요.

안 돼.

급한 얘기 아니면 나중에 하자. 내 동생 미성년자야.

아….

그리고 이번에야말로 뭔가 오해받을 것 같고.

네?

나중에 보자. 술 적당히 마시고 들어가.

선배 저,

탈탈

그럼 폰 번호라도 좀….

타다닥…

대박 관심 없는데?

힝….

어디 갔지?

두리번

입　　구

영화

나 준오랑 편의점 가 있을게

쓱

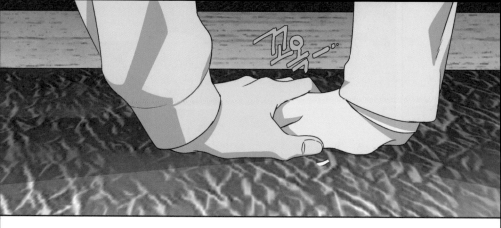

꼬옥...

맞다~!
나 편의점에서
살 거 있는데!

빡

회피하는군.

민오한테
톡 해야지.

익

가방
들어 줄게.

뭐?

됐어.
별로 무겁지도
않고.

들어 줄게.

슬쩍

괜찮다니까….

미안!

기다렸지?
아는 사람이랑
마주쳐서.

택탁…

슬슬
들어갈까?

ATM

아, 나
서점 들렀다
가야 해.

부욱

벅

?

그럼 나 먼저
들어가도 돼?

금방
들어갈 텐데
같이 가지.

금방
가게?!

할 일
생각나서.

할 일?

응,
할 일.

하여간 대체 뭐 생각을 하는 건지….

따라 나와서는 심심하면 민오 관련으로 사람 속이나 긁고,

방해하고, 신경 쓰이게 굴고.

목숨이 오락가락한다고 예고된 상황에서 남자한테 신경이 쏠리다니 대단하네.

본인 천도나 신경 쓰시지!

아침에 나올 때만 해도 정말 기분 좋았었는데.

책 찾았어?

아, 응.

집에 갈까?

이제 7시인데 엄청 서두르네.

왜?

준오 가니까 나랑 둘이 있어서 불편해?

......

역시 들렸구나….

미안.

어라?

진짜?

진지하게
사과할 만한
얘기였던 거?

같이 있는 걸
어려워하는
남자는
포기하는 게…

정말로?

해동철거

아까 그 얘기, 신경 쓰지 마. 별거 아니니까.

신경 쓰여.

아마도 네가 생각하는 그런 이유는 아닐 거야.

그럼 나랑 있는 게 왜 불편한지 솔직히 말해 줘.

…들으면 네가 기분 나빠할 것 같아.

지금도 충분히 기분 안 좋아!

울컥

차라리 나한테

직접 말하기라도
했으면….

…너랑
있는 거
좋아.

불편하다며?

불편한 거랑
싫은 건 달라.

……

나한테
사귀자고
했던 거
기억나?

무… 뭐…

그, 그건 왜?

내 착각일 수도
있겠지만

그 이후로 나한테
예민했었잖아.

예…민…?

너네 언제 사귀나?

무슨 소리야! 우리 그런 사이 아니야!

누가 우릴 엮으려고 하거나

남자 친구분하고 쇼핑 오셨나 봐요?

아니에요!

사귀냐는 소리 들을 때마다,

그 일이 있었으니 너도 무안했던 거겠지만

난 좀….

이젠 그렇게까지 싫어졌구나 싶어서.

실제로 사귀는 건 아니니까

적어도 여럿이 다니면 그런 오해는 덜 받을 거고…

그래서 둘만 있는 건 피하고 싶었어.

…내가 그런 반응한 거 서운했어?

25

우와, 와.

설마
이거,

그
타이밍….

습—하
습—하

?

나, 오해받기 싫어서
그랬던 거 아니야.

그럼…?

사…,

사실은
널…!

둥

우울

둘 다
저녁 먹고
들어오니?

둥··

으앙아아앙 아아앙!!

아, 진짜 엄마아!

왜 하필 그때, 그 순간에!

딱 좋을 때였는데!!

이놈의 폰은 또 어디 있는 거야!

영화관 밖에선 꺼내지도 않았는데….

정말!

사실은 아직도 널 좋아해!

잘될 것 같았는데….

나쁠 리가 없잖아.

그 말은…

혹시,

어쩌면,

아마도….

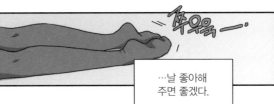

…날 좋아해
주면 좋겠다.

내가 오래
기다린 만큼.

나를.

11
속

대박!

민오가 그렇게 말했어?!

그렇다니까~.

나한테 좀 마음이 있는 거 같기도 하고…

쪼오옴~?!

야! 그래 놓고 마음 없다 그럼 그게 나쁜 놈이지!

근데 그런 얘기까지 해 놓고 왜 사귄다는 소식이 없냐?

아무렴 어때!

어쨌든 내가 그런 반응하면 서운하대잖아.

이대로 천천히 시간을 투자하다 보면, 언젠간…

…

내가 보기엔 넌 그거야.

불편함에 익숙해지는 거야!

엉?

혼자만 느려 터진 인터넷만 쓰니까 그걸 당연하게 여기는 지경이 된 거라고!

다들 LTE 쓰는데 너 혼자 2G라니까?

그런가?

거기까지 갔으면 여세를 몰아야지.

폰 잃어버렸다면서~.

새 폰 뽑을 때 같이 가자고 해!

요즘 폰 뭐가 좋은지 모르겠어서~

하면서, 쫌!

그리고!

그 둔치가 또 누구 데리고 나오기 전에!

둘이 만나자고 못 박는 거야!

그… 그래! 그 정도야 뭐.

이 언니의 조언이 모두 뼈가 되고 살이 될 것이다!

그럼 난
스터디 간다.

내일 봐!

응.

그래서 수업 끝나자마자 만나러 온 거야?

응!

괜찮지?

뭐, 같이 있어 주기로 약속했으니까.

정말?

왈칵!

너 되게... 신기할 정도로 티 나는구나.

뭐가?

표정 말이야.

화낼 땐 엄청 화난 얼굴 하고, 좋아할 땐 또 엄청 행복한 표정하고. 이렇게 티 나는 사람 잘 없단 말이지.

흐음.

지금 표정은 어떤데?

…기분 좋아 보여.

얼마 전까진 엄청 부담스러웠는데

이제 좀 덜하네….

불편함에 익숙해지는 거야!

아니거든!

기분
좋아 보여….

당연히
기분 좋지!

그 골치 아픈
기계도
처분했고

순순히 같이
있을 시간도
내어 주겠다.

이제 기회를 봐서
해치우기만 하면

이 지긋지긋한
한도 모두….

인도에서
저렇게 달리면
어떡해?

너도 참, 자전거
지나가는 것도
모르고 멍하니….

어디
안 다쳤어?

안 다쳤어.

깜짝
놀랐네….

터덜터덜…

민오 불러서
밥이라도
먹고 들어갈까?

뭐야….

걱정이라도
한 거야?

준오야?

내 무릎….

어라?

내가 왜 도운 거지?

몸이 반사적으로 움직여서….

뭐… 뭐야, 웬 화분이…!

세상에!

거기 누구 안 다쳤어요?!

화분을 그렇게 창가에 두시면 어떡해요!

사고 날 뻔했다고요!

!

아니, 일부러 그런 게 아니라….

그래.

사고로 죽으면
안 되니까.

내가 직접
하지 않으면
의미 없으니까.

그래서 그런 거야.

괜찮아?

으응.

아으....

밥 먹고 들어가려고
했더니, 이러고
돌아다니긴 좀 그렇겠다.

…아.

맞다,
너 팔…!

와악

괜찮아?
깁스 푼 지
얼마 안 됐잖아!

그렇게 막
잡아당기고
해도 돼?

멀쩡해.

걱정이라도
하는 것처럼 구네.

뭐어?

당연히
걱정해!

누구 때문에
다친 건데!

가자.

…

뭐야…,
뭐 화났어?

갑자기 왜
정색하고 그래.

…준오야?

…또 그런 말에
넘어갈 줄 알아?

그렇게 날
무서워하고

경계하더니

이제 와서
옛날처럼….

그럼요,
알고 있어요.

그땐 분명 그럴 수밖에 없었을 테니까

나으리를 탓할 생각은 없어요.

나으리는 이제 저희에게…

없어서는 안 될 분인걸요.

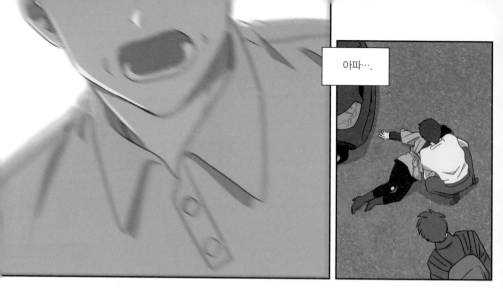

아파….

뭐가 어떻게
된 거지?

나 요새 진짜
재수 없는 거 같아….

아.

저기
누가 있다.

누군가 날
보고 있어.

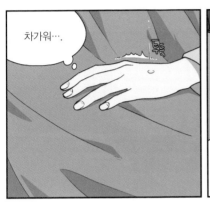

차가워….

이제 정신이 드는가?

몸은 좀 괜찮아졌고?

이 사람…

누구지?

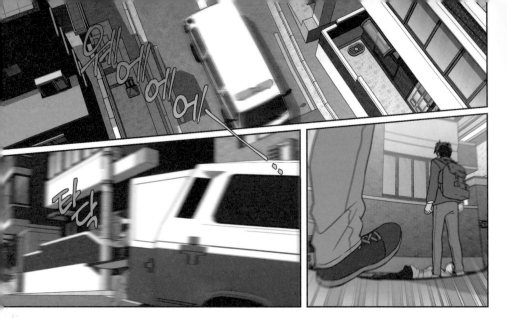

죽어야
했는데….

그때

죽어야만
했는데.

승의가
이르기를,

근래에
신경 쓸 일이 많아
기가 약해진 것이라
하더구나.

승의가
약을 처방해
줄 것이니
매일 아침
한 첩씩
달여 먹거라.

혹여라도 따로
힘든 일이 있다면
무엇이든 말하고.

지금 중요치 않은 일이
어디 있겠냐만은,

네가 건강치 않으면
모든 것이 허사가
아니겠느냐.

왠지…
실감 나는
꿈인걸….

…나으리.

어?

뭐야?
내가 말한 거?

심려를
끼쳐 드려
면목이 없나이다.

꿈이라 그런 걸까.
다른 사람이
나를 움직이는 것 같아….

잘못한 것은
알고 있는
모양이로구나.

죄송하거든
그 기력으로 어서
건강해지거라.

손 감촉도
느껴져.

따뜻해….

파진찬
나으리.

…긴히
드릴 말씀이
있사온데.

그럼 누워서
쉬고 있거라.

…응?

뭐지?

내 얘기라도
하는 걸까….

까악

…….

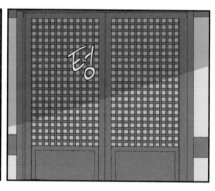

텅

조용…

…설마 꿈에서
깰 때까지
누워 있어야 하는 건
아니겠지….

어.

앗…

움찔

움직여진다!

머리가
길어….

!

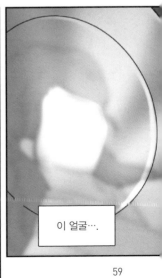

이 얼굴….

어디선가 본 것 같은….

응?

뒤에 누가
있네?

분명 여긴 나 혼자 뿐일 텐데

누가….

헉…!

일어났네,
일어났어!

아가씨 괜찮아?!
정신 들어?

학생도 뭐라고
말 좀 붙여 봐!

이건 뭐 아까부터 입만
꾹 다물고 서서는!

가족들한테
연락 좀
하라니까…

누…

누나…

!

누가
있어….

계속 날
따라와.

저…
저기….

그… 저, 정신과 가려면 어디로 가야 되나요?

복도 끝 엘리베이터에서 5층으로 가시면 됩니다!

…감사합니다.

…아.

그…, 그냥 권유받아서 가는 거예요.

네?

그러니까… 정신에 문제 있어서 가는 거 아니라고요.

그렇게 이상한 사람 보듯 쳐다보지 마요….

가벼운 뇌진탕에
경추부염좌네요.

살짝 부딪힌 정도이니
입원할 필요는 없긴 한데….

후유증이
있을 수도 있으니
차도를 지켜봐야
할 것 같습니다.

보험사에는
연락하셨나요?

저 분
가족은…?

보험 쪽은
곧 올 텐데
저 사람이
휴대폰도
없어요.

잠깐 정신 차리더니
또 기절해서,
제대로 깨어나야
가족을 부르든지
할 것 같습니다.

따라온 학생이
있기는 한데
가족인지 뭔지….

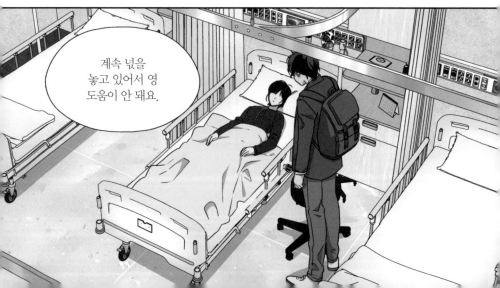

계속 넋을
놓고 있어서 영
도움이 안 돼요.

지금이면….

주변엔 아무도 없고,
이 여잔 정신을 놓고 있고….

날 방해하는
것도 없어.

아까처럼 실수로
미는 게 아니라,

이번에는
어쩌면 정말…

정말로 이 여잘 죽이고
한을 풀 수 있을지도 몰라.

내 한을….

…뭐가,
따라왔다는 거야?

말해 봐….

왜?
내가
기억나기라도
했어?

아까 전에
날 부른 거야?

헉一

흑一

……

우윽…

!

ㅇㅇ…

…학생,
많이 놀랐었나 봐.

너무 걱정 마.
의사가 괜찮다고,
아마 큰 문제는
없을 거라고
하니까…

괜찮

…

영화야.

아이고….

어지럽고 메스껍고
그러진 않아?
걸을 수 있겠어?
병원에서 더 있다 갈래?

아냐, 괜찮아.

어지럽긴 한데 목이 더 아프네….

목도 조심하고!

퇴원 수속 밟고 있을 테니 천천히 나와.

덜컹

준오가 누나 부축 좀 해 주고!

…너 울었니?

…뭐?

아까 그 아저씨가 너 놀라서 울더라고 하시던데….

하긴 울만도 하지.

사람을 그렇게 밀어서 사고가 났는데….

그렇게 세게 밀면 뒤에 차 없이도 위험하거든?

그보다 나한테
뭐 말해 줄 거 없어?

…말할 거?

지금 너 때문에 차에
치인 것보다 더 중요한
화제가 있어…?

꿈꾸는 거
같던데.

뭔가가
따라오고 있다고…
그렇게 말했잖아.

무슨 꿈꿨는지
기억 안 나?

꿈?

분명…

어떤 남자가….

흐릿..

71

뭐…,

뭐야,
이거!

그 꿈….

설마 그건가?
전생 체험
같은 거?

진짜로
가능한
거야?

!

엇,
죄송합…

니다···.

설렁···.

가···

강영화!

···!

안 그래도
만나고 싶었는데
이런 데서 다 보네···!

너한테 연락할 길이
없어서 곤란했었어!

직접 만나서
사과하고
싶었거든···.

학교 애들도 계속
오해하고 있고,

이대로면
내 체면도
말이 아니잖아.

우리 깔끔하게
화해하면 안 될까?

후다

잠깐 자리
비운 새 뭐
이런 게 와서….

뚫린 입으로
잘도 지껄이네.
뭐! 화해?!

내 딸
죽일 뻔한 놈이
어디서 뻔뻔히
낯짝을 쳐들고 있어!

침 뱉고 사과하면
아밀라아제가
물이 되냐? 이놈아!

넌 그냥 다신
이 동네서
얼쩡거리지를 마!

그만해, 엄마!
상대하지 마!

…에이, 씨!
사과한다잖아!

엄마!

그냥 사과하려
한 것뿐인데

내가 뭘 그렇게
잘못했다고
이러는 거야….

전부 다

전부…

그 여자 탓이야.

12
파란

내 너에게
일을 어찌
처리하라
일렀더냐?

아무도 모르게…
조용히 하라
하셨습니다.

…헌데,

누군가
봤을 뿐 아니라
그자를
놓치기까지 했다…?

목숨을
부지하고 싶거든
그 계집이 누군지
한시 빨리
찾아내야
할 것이다.

알겠느냐.

예,
어르신!

…

무슨 일로
이리
소란스러운
것이냐?

덜컹

글쎄,

아.

암전이
나가래도!

이게 대체 무슨 일이냐?

사다함랑! 소란을 피워 죄송합니다!

빨리 쫓아내려 했는데, 이 계집이 사다함랑께 꼭 인사를 드려야겠다 고집을 피우는 통에…

랑…

괜찮느냐. 어디 험한 꼴 당하지는 않았고?

저…

나가더라도 인사는 드리고 싶어서 기다렸어요….

나간다니?

이 아이는 내가 직접 들여온 식솔인데, 어찌 내 허락 없이 쫓아낸단 말이더냐!

그… 그것이….

내가 쫓아내라 하였다.

아버님….

82

가야인들이
병을 옮긴다는
그런 터무니없는 소문을
아버님까지 믿으시다니요!

정작 가야인들은
병자가 없는데
어찌 병을 옮긴다
확신하신단
말입니까!

지금 중요한 것은
가야인들이 정말 병을
옮기는지가 아니다.

진실이
중요치 않다니…!

잘 생각해
보거라!

이대로 둔다고
저 아이가
괜찮을 것 같으냐?

들자 하니 이미
말득이란 노인이
가야인들에게
병을 얻어 죽었고,

관아에서 그 일을
처리했다는데….

이런 상황에서
가야인과 함께 사는 것이
안전하다는 것을
그 누가 믿는단 말이냐?

저 아이 탓에
제 몸을 걱정한 식솔이
해코지를 할지도 모른다고는
생각지 않느냐?

그런 일은 결코
일어나지 않도록 제가….

네 일은
다 미뤄 두고,

온종일 저 아이의 곁에서
보살펴 주기라도
하겠다는 것이냐?

그…

그건….

…네가 가야인들에게
마음 쓰고 있는 것을
모르는 바는 아니다만,

사람을 도울 때에는
정황에 맞는 방법이
있는 것이다.

그들을 모두 돕기엔
너는 아직 어리다.

그냥 내보내는 것이
마음에 걸리거든,
저 아이를 데려온 절에
다시 보내도록 하자.

그리고 소문이
잠잠해지면…

그때 다시
데려와도 되지
않겠느냐.

왜 그리 표정이
어두우셔요?

?

…

내가 무척…
미안하구나.

반드시
책임지겠노라
했는데….

충분히
잘해 주셨는데요.

약초도 구해 주시고,
옷도 구해 주셨고….

너는 내가
원망스럽지
않느냐?

내가
너희 땅을 짓밟고…
거기서 나와
살게 만들었는데.

글쎄요.

전쟁은 사다함랑이
아니라도 일어났겠지만,
지금 절 도와주는 건
사다함랑뿐이잖아요….

신라가 싫다고
호의를 베푸는 사람까지
원망할 필요는 없죠.

도와주는 것은
나쁜….

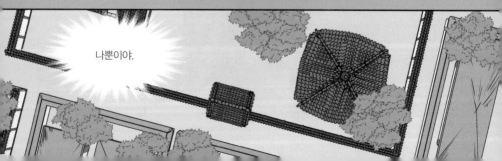

나쁜이야.

다시 담엄사로
돌려보내시는
겁니까?

사정이
그렇게 됐습니다.

제가 가끔 와서
이 아이를
심부름꾼으로
쓸 수 있을까요?

어렵지 않은
일이지요.

종종 찾아오마.

걱정 말거라.
약속한 것은
꼭 지킬 테니.

네.
무리 마세요.

특이한 분이야.

그야 고맙기는
하지만~.

권위를
베풀라 배웠고,

그렇게 해야 마땅하다
생각해 왔는데
모두들 내게 부조리를
눈감으라 하는구나.

가야인들의
근거 없는 병이
그리도
문제가 된다면…

그것이
누군가의 음해임을
폭로할 수 있다면
해결되는 것을.

위험하지
않을까….

자!

그거 다 갈거든 섞어서 되직하게 만들어!

그리고 나서 약제를…

아니…

아직도 이것밖에 못 갈았어?!

할 일이 산더미구만!

이래서 언제 다 하려고…!

정말이지 나으리도 참 어찌 이리 일 못하는 계집을…

여기 온 지도 벌써 며칠이나 지났는데….

연조를 대신해 왔지만 정작 어떻게 지내는지 알 방도도 없고,

너는 당분간 바깥출입을 자제하도록 하고.

그 일 이후로는 가야 사람들과도 왕래할 수 없게 되었으니….

그 신라인 집에 찾아간 것이 덕소가 맞다 했다.

그 속내 모를 사내의 말만 믿고 얌전히 갇혀 지낼 수는 없는 노릇이야.

다른 사람들이 어떻게 지내는지 확실히 알아 둬야 해.

자, 남은 건 네가 해 봐라!

앗, 네….

어때.

이제
걸을 만한가?

연조가 준
약초가
잘 듣네요.

어떻수?
신라 옷도
잘 어울리우?

여편네, 주책은.

혹시 아나?
신라 사내들이
날 보고
물건을 싹 다
사 가 줄지!

그게
주책이라는 거야!

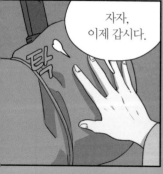

자자,
이제 갑시다.

얼른
잘 벌어먹고 살아야
우리 딸 보기
안 부끄럽지.

그러고 보니
이타는 대체
어찌된 일일까요?

이타가 왜?

연조 소식
알아봐 주더니
종살이하겠다고
나가 버렸잖아요.

귀한 댁에서
검 쓰던 아가씨니
종살이는 해 본 적
없을 텐데,

왜 느닷없이
그런 결심을
했을까…

글쎄 뭐
나야 모르지.

알아서
하겠거니~.

만사태평
이라니까.

…거기
두 사람!
나 좀 봅시다!

거기 지게 진
아저씨네 말이오!

뭐요?

어디서
천박한 어투가
들려온다 했더니만…

말득 아저씨네서 본
그 가야 놈이잖아?

아이고, 대체 왜 이래!

글쎄 지게 진 게 뭔지 한번 보자니까!

시장에 팔 것만 아니면 그냥 보내 주겠다고!

말득 아저씨가 나한테 어떤 분이셨는데, 네놈들 때문에 돌아가셨어!

꽈앙...!

내가 시장에 팔든 국 끓여 먹든 니가 무슨 상관이야!

신경 쓰고 니 갈 길이나 가!

당신 물건 샀다가 또 누구 횡액 맞으라고!

말득인지 칠득인지 그 영감쟁이 죽은 게 왜 우리 탓이라는 거야!

우드드

저, 저러다 병 옮겠어!

...!

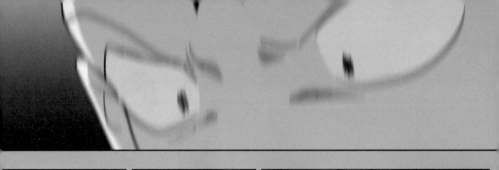

피…
피!

피 나잖아요!

그럼 그걸
그냥 두고 봐?!

당아!

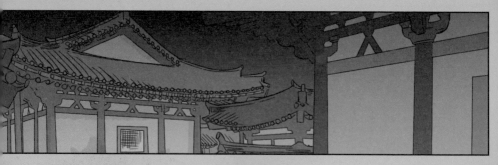

끼익—

이제 겨우
조용해졌네….

삐걱…

좋아.

아주 잠깐만 나가서
어떻게 지내는지만
물어보고 오는 거야.

후우

최대한 빨리.

최대한 조용히.

속

부우웅

탓

…

호오….

야밤에 도주라니, 제법 대담한 짓을….

오, 오해입니다!

도망치려 했던 것이 아니라, 그저,

그러니까….

……

계속 그 위에 앉아서
변명할 생각이나?

조용히 내려오너라,
천천히 들어 줄 테니.

너 하나 잡으려
다른 식솔들을
깨우고 싶지 않구나.

같이 지내던
식구들이 걱정되어
안부나 물어보러
갈 생각이었다?

고작
그런 것 때문에
월담을
시도했다고?

믿지 않으시겠지만,

결코 달아나려던 것은 아니었어요.

…… 그래….

신빙성 있는 이야기로군.

생각해 보면 처음부터 죄인을 호송하는 가운데 끼어들질 않나,

절에 숨어들질 않나 무모한 짓거리만 골라서 하는 계집이었지.

!

…무모한 짓이라니….

지금 담을 넘으려다 들킨 것만 해도,

이유 불문 당장에 매질을 당해도 할 말이 없는 짓 아니더냐?

내가 발견했으니 망정이지, 다른 이들이 먼저 발견했거든 눈감아 주지도 못했을 것이다.

천운인 줄 알거라.

대책 없이 정직하고
대책 없이 의리만
앞서서는….

누구랑
하는 짓이
똑같구나.

네?

애초에 안부가
궁금했던 것뿐이라면,
다른 이에게 한번
물어봐도 됐을 텐데?

…제가
이곳에서,

다른 사람을
어찌 쉽게
믿나요?

비복을 시켜
가야인들이
병에 걸렸노라
소문을 퍼트린 것이
나으리인 것을요!

…분명
그렇지.

허나
그렇다 한들….

이렇게 들통난 상황에, 부득부득 밖으로 나가 볼 생각은 아니겠지?

네가 나를 믿든 믿지 않든, 궁금한 소식은 내일 알아봐 주마.

이만 들어가거라.

…그때,

그 하인에 대해서 물었을 때… 왜 제게 솔직히 대답하셨나요?

제가 모르는 편이 나으리께는 더 편했을 텐데요….

부정했다면 믿었겠느냐?

아뇨….

어설픈 거짓말은 하지 않는 게 낫지.

자네 약점은 다 내가 쥐고 있으니 거짓말을 할 필요도 없고 말이야.

…묘하게 잘난 척하는 거 같은데….

뒷간, 뒷간!

쫑쫑

쫑

새겠다, 새겠어!

으아아아아 아아아아아 아아아아….

탈 다

다 닥

뭐, 뭐야. 이 시간에 저 둘이 왜 같이…

왘

여기까지 따라오실 필요는…. 부담스러워 말아라.

내가 신경 쓰여 그러는 것이니. 들어가는 것까지 보고 가마.

저… 저 대화는 설마 그건가?

※덕소의 망상

미미미미미미.

밀회?!

나으리에게
드디어
새 사랑이?!

덜컹

탁…

이 야밤에 대체
어딜 나갔다 와?

…저 때문에
깨셨어요?
죄송해요.

아직도 안 자고
뭘 하는 게야?

뉘척

손재주도 없는 게…, 잠이라도 재워야 힘이라도 쓰게 시키지.

죄송합니다….

얼른 누워 자라!

아직 적응이 안 돼서 많이 심란한가 본데,

내내 그리 딴생각만 하다가는 오래 못 버틴다.

사람이 땅에 발을 딛고 살아야지….

…맞는 말이야.

종살이도 제대로 못 하는데….

가야 사람들 안부를 안다고 내가 뭔가 할 수 있는 일이 있을까?

사다함이
데리고 있는
여종요?

에이, 형님!

아무리 저라도
여종을 어떻게
빌려 옵니까~!

적당히
요령껏.

가야인 심부름꾼이
필요하다 핑계 대서
데려오거라.

연조라는
이름을 가진
계집이다.

으흠

어려운데~.

아. 그리고 보니 형님,
그 소식은 들으셨어요?

무슨 소식?

어제 길바닥에서
실랑이가 나서
사내 하나가
죽었다는데,

죽인 자가
대가야인이라고…

잡혀가서
심문받고 있는
모양이에요.

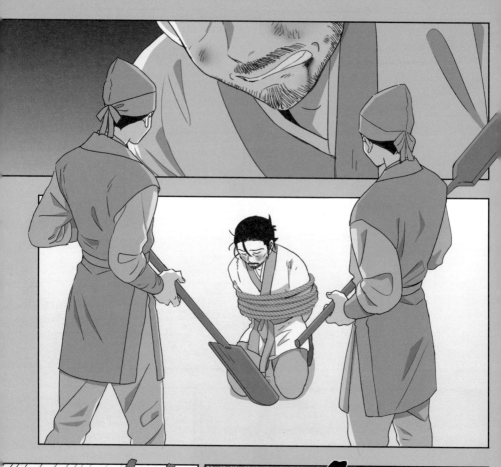

정말…,

정말로 그냥 사고였소…!

어허…, 이놈이 끝까지!

무고한 신라인을 살해한 주제에 감히 계속 발뺌을 한단 말이냐!

무슨 목적으로 살인을 저질렀는지 순순히 실토하지 못할까!

먹고 살기도 바빠 죽겠는데, 무슨 목적이 있어서 살인을 해!

목적따위 없소!

신국의 옷을 입고
신라인의 행세를 하며
장에 물건을
내다 팔려 하였고,

그으래?

그것을 저지하려던
신라인을 죽였으면서
사고였을 뿐이라고?

그저 실랑이가
났을 뿐, 결코
의도한 것은…,

시끄럽다!

이놈이
죄를
인정할 때까지
매우 쳐라!

아악!

어흑!

흐윽.

악!

중요한 용무가
아니거든
물러나 있거라!

그, 그것이…

소리부 이찬께서
말씀하시길…

……

오랜만이다야~!

연조야…!

그동안 잘 지냈어?
별일 없었고?
아픈 데는?

걱정 많이
했나 보구나….

그러고 보니
여긴 어떻게….

저쪽에 계신 랑께서
날 심부름꾼으로
부르셨는데,

따라오고 보니
너랑 만나 보라고
하시지 뭐야.

나를…
만나 보라고?

정말로…

115

네가 나를 믿든
믿지 않든,

궁금한 소식은
내일 알아봐 주마.

약속…
지켰네.

연조란 애도 귀엽더니만
저 가야인 노비는 누구예요?
반반하게 생겼네.

몇 살이려나~.

아서라.

가까이 둬서
좋을 것 없는
계집이야.

오~ 가까이 둬서
좋을 거 없는 계집이라
형님께서 도와주시나?

네가 생각하는
그런 거 아니다.

그런 게
뭔데요~?

사다함이 순순히
저 종을 빌려주더냐?

말 돌리시긴!

새로 들인 노비 중에
가야인이 있어 친구나
만들어 주고 싶다니까
뭐 납득하던데요.

근데 저 아이
사다함 집에 있는 게
아니더라고요.

그러면?

반대가 심해서
담엄사로
돌려보냈대요.

그거
곤란한걸…

네?

…아니, 아무것도.
차라도 들고 가겠느냐?

그러죠, 뭐.

뭘 물어도
말을 안 해 주시니 원.

나 같은 건
심부름이나 하고
차나 얻어 마셔야지.

흑.

흑으윽,
으….

흐으윽…

흑….

연조 엄마…
뭐라도 먹어야지….

뭐든 먹고
기운을 차려야
더 울기라도 하지.

내가…, 내가 그렇게
성격 죽이고 살라고 했는데….

딸은 빼앗기고 이젠
남편도 잃게 생겼는데,
기운이 다
무슨 소용이야….

……

백주대낮에
훔친 옷을 입고
돌아다녔다니!

멍청한
가야놈들!

소리부 어르신이
지적해 주지 않으셨으면
깜빡 넘어갈 뻔했지
말입니다!

으흐하하하하하하하!!

껄껄껄

이제 그 죄수 놈은
어떻게 처리할까요?

시시비비가
확실하니 오래
끌 것 없지.

빠른 시일 내에
사형하도록 하세.

그럼 연조 너도 다른 사람들이 어떻게 지내는지 잘 모르는 거야?

으응.

얼마 전에 담엄사라는 절로 옮겨 갔거든.

적응하느라 정신없기도 했고….

잘 해 주시지만 외출하거나 멀리 가진 못하잖아.

노비니까….

그렇지….

이타 너는? 잘 지냈어?

그냥 그래. 내가 일을 잘 못하는 거만 빼면.

?

아, 도끼를 어디 뒀더라!

저 사람들 뭐야?

글쎄….

휴우.

그래서 저게 어떻다고?

저걸 보고도 모르겠어요?

나으리가 굳이, 저 계집에게 굳이 친구를 만날 수 있게 해 줬다고요!

그게 무슨 뜻이겠수!

나으리의 인품이…

어질다?

아니! 아니지!

결론이 왜 이렇게 싱거워!!

어제는 둘이서 밀회까지 했다니까요! 딱 하면 척 하고 감이 와야죠!

잘 들어요, 아빠!

이건 진짜 좋은 기회라고요…!

지금…

여기서 뭐 하세요?

!!

꼭 사람 얘길 엿듣는 것처럼….

아, 아니…

그럴 리가….

그럴 리가 있겠습니까요, 아가씨이이이!!!

아가씨…?

뭐야….

뭐래?

몰라.
이상한 소리나
하더니 갔어.

흠….

그러고 보니
넌 갑자기
웬 종살이야?

너도 뭐
잘못한 거야?

아….
음….

?

그게….

연조 대신
왔다고는
말 못 하지….

어쩌다 보니
그렇게 됐네….

그래도
좋은 분이신 것
같아 다행이야.

친구까지
찾아 주시고
말이야.

좋은 분….

으응.
좋은 분이지….

저거 봐, 저거 봐!
좋은 분이라잖아!

……

누군가는
잘 지내고 있는
모습을 봐서.

정말로
안심이 돼….

푸드덕…

가야인 사내 하나가
살인죄로 화형되고

알천 한편에 모여 살던
가야인들의 짐에서
신라의 옷가지가
무더기로 쏟아져 나왔다.

가야인들이
병을 옮긴다는
소문이 확대되자,

기어이 노비로 들였던
집안에서조차
가야인들을 쫓아내는
일이 생기기 시작했다.

썩
꺼지거라!

사다함랑께서
여긴 웬일로….

소리부 어르신께
긴히 드릴 말씀이
있어 왔다.

잠시 뵐 수 있을지
여쭙거라.

내 네가 이리
대책 없이 찾아올 줄
알고 있었지.

형님…!

스윽

나도 네게
할 말이 있었는데
잘 됐구나.

저는 형님과
나눌 말이 없습니다!

보나 마나
가야인들 때문에
왔을 테지?

!

나와
이야기하거라.

그래야 할 것이다.

13
의형제

음….

백성을
정중하게 대하며
효도를 행하고,

또 선한 사람은
기용하되
잘할 줄 모르는 자는
가르치도록
하는 것입니다.

그렇다.
앞서 모범을 보이고,
관용으로써 보듬으면
백성들은 따르기
마련이다.

어리석은 관리는
아무리 백성인들
그 본질을
꿰뚫어 볼 수밖에
없다.

소인은 자신이
낮게 보는 자의 앞에서
편협함을 드러내기
때문이다.

편협하다는 것은
어떤 것입니까?

군자는 두루
교제하며
편파하지 않고,
소인은 두루
교제하지 않으며
편파한다 하였다.

무릇
백성을 다스리는 자들은
멀리 볼 줄 알고
사람을 차별 짓지 않으며
포용할 줄 알아야 하는 법.

편협함이란 반대로
자신 주변 외의 것은
보지 못하고,
사랑하지 못하며,
아낄 줄 모르는 것이란다.

후

어디까지 걸을
생각이십니까?

오옹

저는 형님과
산보를 하러
온 것이
아닙니다!

무슨 말씀을
하시기에
은밀하기까지
해야 합니까?

조금 더 걷지.
은밀히
나누어야
할 것 같으니.

보나 마나 뻔한 말씀이나 하시겠지요!

이 일은 네가 간섭해선 안 될 일이다,

윗분들께서 결정하실 사안이다!

어린 화랑이 함부로 정치에 관여해서는 안 된다!

……

사다함….

제 것입니다….

가야인들이 훔쳤다는 그 신라 물건들… 전부 제가 준 것입니다!

도둑질이라니요!

그래서….

네가
할 수 있는 일이
뭐가 있느냐?

이렇게 소리 지르고
불공정하다 화내는 것 말고,

네가 실질적으로
그들을 위해
해 줄 수 있는 것이
있느냐 말이다.

네가 그들에게
해 주려는 것마다
어찌 되었느냐.

그들에게
알천 땅을 주자
그 땅의
진골들이 노했고,

네가 준 물건들을
그들을 음해하는
좋은 핑곗거리로
썼을 뿐이지.

네가 도우려 할수록
일이 꼬이는 것을
아직 모르겠느냐?

!

어떤 형식으로든
남의 땅에 사는 이상

그들이 핍박받는 것은
불가피해.

괜히 건드려
곪게 하는 것단⋯.

자연히 골이 사라질 때까지
두고 보는 것이 가장 나아.

아뇨, 형님.

저는 그렇게
생각하지 않습니다.

아이고~
우리 이타 낭자!

뭐 하시나 했더니
불 지피고 계셨구만!

이리 줘.
내가 할게.

?

??

제 일이니
이리 주세요.

내가 불을 얼마나
잘 지피는데!

그러고 보니
한동안 밖에
못 나가서 많이
답답하겠네.

밖에 나가면 누가 눈독 들일까 봐
불안해서 안 보내 주시나?

저기….

빨…

지난번부터
터무니없는 오해를
하고 계시는데 말이에요.

나으리랑 전
아무 사이도 아니에요!

143

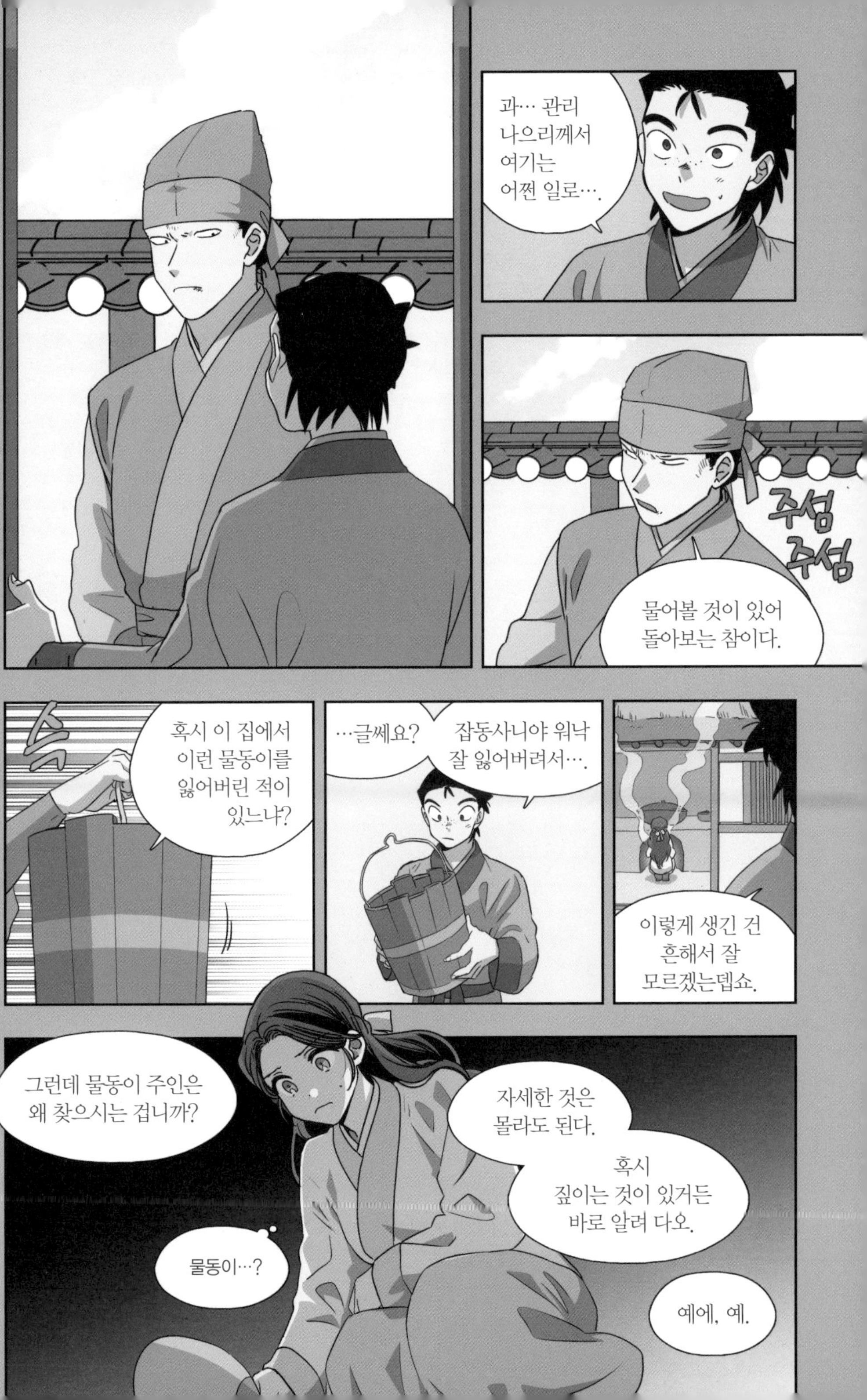
과… 관리
나으리께서
여기는
어쩐 일로….
주섬 주섬
물어볼 것이 있어
돌아보는 참이다.
슥
혹시 이 집에서
이런 물동이를
잃어버린 적이
있느냐?
…글쎄요?
잡동사니야 워낙
잘 잃어버려서….
이렇게 생긴 건
흔해서 잘
모르겠는뎁쇼.
그런데 물동이 주인은
왜 찾으시는 겁니까?
자세한 것은
몰라도 된다.
혹시
짚이는 것이 있거든
바로 알려 다오.
물동이…?
예에, 예.

저기 하나 더 있었군.

거기, 불 지피는 계집!

어… 어쩌지?

그럼떡

그때의 그 살변을 조사하는 관리일까?

아니면 설마,

나를 잡으러….

…?

……

뭐야?
저 계집….

감히 들은
척도 않고,

아! 아이고!
죄송합니다!

제가 아둔해서
눈치가 없었네요!

저 계집이 귀머거리라
밖으로 내돌리지
않아서요….

여쭤 보신들
잘 모를 겁니다!

귀머거리라고?

네에, 여기 온 지도
얼마 안 됐고요.

…그래?

이 물동이는
어찌 할까요?

제가 됐다가
다른 식솔들에게라도
물어봐 드릴까요?

흠….

…….

아니, 됐다.
이만 가지.

예엡!
조심히 가십쇼~!

휴….

거짓말을 못하니 특별히 신경 써야 할 거라더니….

그렇다고 그렇게 꿀 먹은 벙어리처럼 굳어 버리면 어떻게 해?

그러면 더 의심받는다고.

빌어먹을….

이깟 물동이로 어떻게 찾으라는 거야.

만듦새를 보니 민가에서 쓸 만한 물건은 아니네요.

꽉-

정보라고 해 봐야 잘 사는 집안의 물건일지도 모른다는 것과

어두운 밤에 스쳐본 뒤통수 정도인데….

어라?

아까 그 계집…!

끼익

사다함이
왔었다고?

예에….
어르신께 긴히
드릴 말씀이 있다
하셨습니다.

그런데 마침
와 계셨던
파진찬께서 데리고
가셨습니다만.

다른 이야기는
못 들었느냐?

대가야인에 관련된
이야기라고
하신 것 같습니다.

그 정도면
됐다.

예.

꾸벅

내 진즉
미심쩍다고는
생각했었다만….

멍청한 놈.

스윽

그러니까 진작부터
말씀드렸잖아요,
아버지.

사다함이
가야인을 몰아내는 걸
찬동할 리 없다니까요.

오히려 가야인들의 죄를
감싸면서 잘못을
저지르는 것은 신국인도
마찬가지라는 둥
해 대는데….

가증스러운 놈!

흥분할 것 없다.

기껏해야 아직
세상 물정 모르는
어린 화랑 놈일 뿐….

이제와 반대한들
사다함이 뭘
할 수 있을까.

이미 흐름은
우리 뜻대로
가고 있는데.

어쨌든
하는 짓거리가
짜증 난다고….

그보다도 파진찬…
도하가 마음에
걸리는구나.

원래 속내를
잘 내비치지 않는
놈이긴 했지만….

내게서 시디힘을
감싸고 있던 게 맞다면
아주 실망스러워.

제게 하실 말씀이 없으신가요?

귀택하자마자 무슨….

함부로 말 걸거나 손대지 말라는 충고는 듣지 못한 것이냐?

하실 말씀이 없으신지 여쭈었습니다!

가야 사람들의 근황을 알려 주겠다고 연조는 만날 수 있게 해 주셨으면서,

어째서 가야인들이 추포된 소식은 함구하시나요?

쯧….

콰당…

하아….

피곤해서 이만 쉬고 싶구나.

다음에 이야기하지.

스윽

…나으리!

왁

탁

추포된 소식은 왜 함구했냐고?

뻔하지 않느냐.

말해 순들 네가 할 수 있는 것이 아무것도 없기 때문이다!

아무것도!

......

...표정까지 아주 판박이로군.

…목간에 물을 데우거라.

네, 네!

할 수 있는 게 없으면…

몰라도 되는 건가요?

어떤 잘못된 상황에 놓이더라도 그저 모른 체하고

자신의 처지를 알리고 하거나 상황을 타개할 노력도 하면 안 되는 거예요?

어차피 할 수 있는 일이 없으니까?

……

그러면 더 의심받는다고.

지난밤에 네가 본 괴한들,

관리들과 관계있는 자일지도 모른다고 나으리께서 그러셨거든.

그러니까 잘 숨고 피해 다니고 그래.

눈치껏 모르쇠 하라고 귀띔해 주는 거야.

…그 살변이 관리랑 관계가 있다고요?!

요즘 이래저래 뒤숭숭하잖아.

요번에 우수수 잡혀가는 통에 가야인들 입지도 더 안 좋아졌고…

네?

잡혀가다니, 그게 무슨….

헙!

아… 그….

159

…뭐, 뭐야.

이게 왜
여기에…?

귀머거리라며?

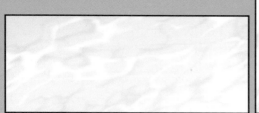

참방

포옹!

저어…
나으리…

무슨 일이냐.

그….

죄,
죄송합니다!

언질하지
말라 하셨는데
말실수나
하고…!

이제 됐다. 뱉은 말이
주워지는 것도 아니니.

하아

지당하신
말씀이십니다….

그래서, 어디까지 말했느냐?

네?

무엇을 일러 주었느냐는 말이다.

목격한 괴한이 관리들과 관계가 있을지도 모른다는 거랑…,

가야인들이 구금된 일이오.

사형 건은?

거기까지는 말하지 않았습죠!

그래, 잘 알았으니 니기 보기라.

저기… 용서해 주시는 거지요?

나가.

아오~!

양쪽 다 잘 보이려다 양쪽 다 찍혔네!

오늘은 유난히 피곤하군….

덕을 베풀라 가르치면서, 겉과 속이 다른 소인배들 같으니!

자신의 처지를 알리고 하거나 상황을 타개할 노력도 하면 안 되는 거예요?

어차피 할 수 있는 일이 없으니까?

첨벙

흐억

흥.

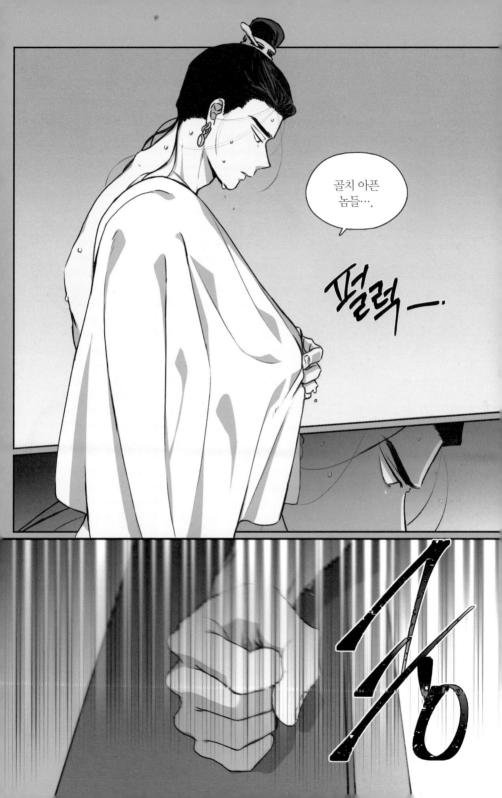

귀머거리치고는
잘 들리는 모양인데….

거짓말을 한 걸 보면
뭔가 켕기는 게 있나 봐,
그렇지?

….

순순히
따라오는 게
좋을 거야.

너한테
볼일이 좀
있거든.

이 남자….

분명
그때 그
괴한이야.

따라갔다간
나도….

흐읍!

사라졌다니, 무슨 소리냐.

다른 일이라도 하러 갔겠지. 잘 찾아보거라.

도망갈 배짱은 없는 계집이니.

그게, 좀 이상한 것이….

벽 너머에서 여물을 주고 있었는데, 비명이 들려 가 보니 없어졌지 뭡니까.

이 물동이만 한 짝 나뒹굴고 있고요….

물동이?

…!

헉! 맞다!

그… 그러고 보니 깜빡했었는데,

귀택하시기 전에 그, 소리부 어르신 직속의 관리가 다녀가셔서….

잃어버렸던 그 물동이의 소재를 물어보시길래 그…

얼버무리긴 했는데…. 이거… 혹시….

그 관리가
데려간
모양이로군.

역시?!

으아아,
제가 거짓말이
신통치 못해서!

해코지라도
당하면
어떡합니까!

오늘 왜 이리
실수하는 게
많은 거야!

…진정해라.
이건 네 실수라고
할 수도 없어.

그냥…
내버려
두자꾸나.

네?

소리부 어르신께서
시키신 일이라면
별 수 없지.

……

훅
훅

대단한걸.
어떻게 찾아낸 거야?

!

파진찬 집
노비였어,
저 계집!

다른 노비가
거짓말까지 하며
감싸던데….

뒤집어쓰기 싫어서
감춘 게 틀림없어.

그럼 어떻게
데리고 온 거야?

몰래
끌고 왔지.

나중에 안다고 해도
지가 뭘 어쩌겠어?

소리부 어르신의
명인데.

그자도 어차피
소리부 어르신의
견공 아니신가.

그럼 내가 가서
이찬께 보고 드리지.

그래.

아,
그리고….

저 계집,
손버릇이
무척 나쁘니.

만에 하나
수작 부릴 경우엔
먼저 처분해도 좋아.

하하.

가능한
자네가 올 때까지
기다리겠네.

할 수 있는 게
없어서가 아니라,
그저 가만히
있었기 때문에….

께익~.

좋아,
잠자코
있으라고.

후유
후유

……

후~…

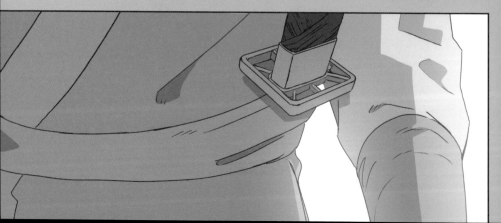

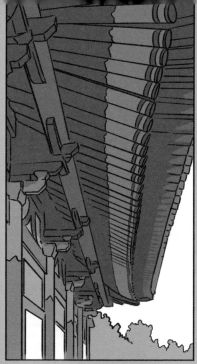

머엉~…

비틀비틀

떡

헉!

뭐 하는
거야!
쏟을 뻔
했잖아!

울컥

대체 눈을
어디에 두고
다니는…

저게 말도
안 듣고 가네!

야…!

내버려 둬!

얼마 전에
가야인 화형으로
술렁술렁했었잖아.

그게 저 애
아버지래.

!

어머니는
잡혀가고
아버지는
죽고….

소식 들은
후로 내내
저 상태라지 뭐야….

분명 속이
말이 아니겠지.

타악-

여기
세숫물이에요.

그럼….

…연조야.

덜컹

연조야!

멈칫

아침 식사는
좀 들었느냐?

입맛이 없어도
억지로라도 먹어야지.

네….

갈수록
수척해지니
걱정이구나.

네 부모님의
사정이
매우 딱하지만….

자식이
식음을 전폐하고
슬퍼하길 바라진
않으실 게야.

……

얼른 기운을
차리거라.

가야인들을
모함한 자도
빈드시 횡액을
맞을 것이다.

정말요?

정말 그럴까요…?

177

확실히
호락호락하진
않네…

…….

아직 자기 입장을
이해하지 못한 것
같은데…

어딜
노려봐!

!!

이…
이게!

!

말해.

뭣…
뭘…

날 데리고 온
목적이 뭔지.

이거… 참….
하하.

하…

아무것도 모르고
질질 끌려가는 건
이제 끝이야.

…그, 그야,
보면 안 되는 걸
봤으니까.

그 정돈
알고 있어!

당신들한테
배후가 있다면
충분히 없던 일로
할 수 있을 텐데,

나를 납치해서
일을 키울 이유가
뭐냔 말이야!

조, 조금이라도
이 일에 대해서
아는 사람이 있으면
안 된다고 하셨어!

그 노인네는,

가야인들에게
옮은 병 때문에
죽는 거여야
했으니까….

머엉~

저거 또 멍 때리네.

야!

아, 응….
불렀어?

여기 서서
뭐 하는 거니?

일 끝났잖아.

일찍 들어가서
조금이라도
더 자야지.

아… 응.
고마워.

내가 요즘
정신이 없어서….

걱정해서
말 건 거 아니야!

하여간
가야인들 굼떠!

….

탁탁

그래….

정신 차리고
들어가자.

동영 스님이
말씀하신 대로

아빠도 내가
이러길 바라진
않으실 거야.

쉿….

이… 이타….

쉿, 쉿!

쉬이잇….

늦은 시간에 미안해. 부탁할 게 있어서….

나,

사다함랑을 만나 보고 싶어.

…?

사다함랑을? 내가 어떻게 만나게 해 줄 수 있는 분이 아닌데….

갑자기 왜?

아, 좀….

부탁드릴 일이 있어서….

그리고 보니….

얼굴은 왜 이렇게 된 거야?

다쳤잖아!

아.

이 밤에 숨어 찾아와서 부탁이라니….

무슨 일 있었어?

쫓겨나기라도 한 거야?

별거 아냐, 네가 걱정할 만한 일은 없어.

며칠 전에 봤을 때까지만 하더라도 내 걱정만 하더니….

189

어쩌다가 다들
이렇게 된 걸까…

……

연조야….

꾸악..

만나게는
못 해 줘도,
그분이
사는 곳은 알아.

그거면 돼?

내가 여기 온 거
아무한테도
말하지 말아 줘….

말 안 해.

사정이 나아지면
다시 만나러 올게.

저기,
이타….

우리 아빠
돌아가셨어.

신라인하고
실랑이하던 중에
사고가 나서,

그래서….

…미안.

왜 네가
사과를 해?

그냥,

미안해서….

이타가
사과할 일도
아니잖아.

만약 나락에 떨어지시더라도,
덜 괴로우시길 빌어 줘….

왜!

아빠 때문에 죽은 사람도
극락왕생하기를.

몸 조심해,
이타.

응….

꼭 다시
보러 올게.

저벅

스윽

대화라뇨?
잠이 잘 안 와서
산책하고 있었어요.

이제 자러
가려고요.

내 귀가
틀리지 않았다면
너는 그 자를
이타라
불렀을 것이다!

혹시,

대가야 장군의
사병이었던…
그 계집이냐?

무슨 말씀이신지
잘 모르겠어요.

뭔가
잘못 들으신 것
같은데…

스님도
얼른 들어가
주무세요.

꾸벅

......

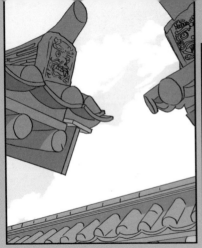

어디 한번
변명해 보거라.

이른 아침부터
찾으시기에
무슨 일이신가
했더니….

무엇을 변명하란
말씀이십니까?

그래…
모르겠다?

개인적으로 시킨 일로 내 수족들이 어제 결례를 끼친 모양이더구나.

계집종 하나가 없어졌을 텐데?

없어진 계집은 있으나,

변명할 일은 없습니다.

보통의 계집이 장정 하나를 이렇게 만들 수 있겠느냐?

왁

……

!

들자 하니
담엄사의 노비라며
네가 데려간
그 계집이더구나.

헌데
이상한 일이야.

담엄사에
노비로 넘긴 계집은
지금도 멀쩡히
담엄사에
있다는구나!

더구나
데려갔던 자는
네가 아니라
사다함이라고!

도하야,
도하야…

내 네가
사다함을 아끼는 것은
알고 있었으니
이번엔 눈감아 주겠으나,

그 계집만큼은
넘어가 줄 수가
없구나.

봐서는 안 될 것을
보았고 들어서는
안 될 것을 들었는데,

하물며 예사 계집도
아닌 모양이니….

헌데 무엇 하는
계집이란 말이냐?

가야의 병력은 모두
북방으로 몰아냈건만.

그저 노비로 쓰려
데려온 계집일 뿐입니다.

하하.

저벅..

아무것도
아는 게 없다?

아,

읍,
….

꾹―

….
….
….

또드득

유드득―

네가 말하지 않는다면
어쩔 수 없지….

그 계집을 찾아내
내가 직접
듣는 수밖에.

그 계집의
용모파기를 붙여
수배토록 했다.

노비의 신분으로
도주한 데다 관리를
폭행하기까지 했으니,

붙잡히거든
예사 처벌로는
끝나지 않겠지.

그렇습니까.

끝까지 그 계집에 대해
입을 열지 않을 요량이로구나.

드릴 말씀이 없으니
드리지 않는 것입니다.

그렇다면 더
주궁하지 않으마.

다만⋯.

네가 지금
호의호식하는 것이
누구 덕인지는
잊지 않았으면
좋겠구나.

아무리
나라고 한들….

아랫놈 혀 자르듯
조카를 잘라 낼 수는
없는 노릇이니 말이다.

도망가라, 도망가.

혹시라도
괜한 정의감 따위
불태우지 말고

가능한 멀리
도망가라.

서라벌 밖으로 달아나서
결코 다시는 잡히지 말아라.

아까부터 일부러
따라오시는 것 같은데….

저,
동영 스님….

음?

뭔가 시킬 심부름이라도
있으신가요?

앉아 있기 지루해
돌아다니는 것이니
신경 쓰지 말거라.

신경…

쓰이거든요!

역시
어젯밤 일
때문인가?

내 귀가
틀리지 않았다면 너는
그자를 이타라
불렀을 것이다!

동영 스님도
대가야에서
오셨지.

패물을 사주하고
불교로
귀의하셨다고….

이타랑 아는 사이면
무슨 관계인 거지?

이타는
고아일 텐데,

가족은
아닐 테고….

얼굴도
안 닮았고.

빨래
안 걷느냐?

아, 네! 걷어요,
걷고 있어요!

그나저나
아무리 따라다녀도
아무 말씀도
못 해드린다고요,

동영 스님!

이타랑
아는 사이라면
정말 죄송하지만,

아무한테도
말 안 하기로
약속했는걸.

후드득

두둑

잠깐…

잠깐,
잠깐!

사다함!

지금 이게 뭔데?
이거 다 뭐 어쩔 건데?

설명했잖아.
말득 노인 집에
귀족 사내가
왕래한 걸 목격한
증언 기록이라고.

누군가 그자에게
병인 행세를
사주했을 수도
있다는 증거야.

너…
그 사주한 사람이
도하 형님이라는 건
알고 있는 거지?

알아.

이거 그만두면
안 되냐?

들쑤셔서 좋을 것
없잖아~, 형님하고
의만 상하고….

형님 말씀대로
이 시기 지나거든
좋은 날도 오겠지!

난 그렇게
생각 안 해.

아무도 약자의 소리에
귀 기울이지 않는다면

약자의 입장이
나아질 리 없어.

단호하네….

아, 몰라 몰라.
네가 정 그렇다면
내가 뭘 어쩌겠어.

난 네가
위험한 건 싫지만,

도하 형님하고
부딪치면
네 편을 들어 줄게.

…어린애 싸움도 아닌데
무슨 편 가르기야.

그렇게
걱정할 거 없어.

어쩌면 일이
잘 풀릴 수도
있거든.

똑

응?

그럼 사다함랑이 그 할아버지 시체만 찾아내면,

우리 엄마 풀려날 수도 있는 거야?

단정할 순 없지만 적어도 병에 대한 오해는 풀 수 있을 거야.

울망 울망

이타아아···.

뭘 하러 그렇게 뛰어다니나 했더니,

요 기특한 기집애!

와락

쉿, 쉿···. 사람들 깨겠어!

들키면 큰일 나···.

응, 응. 조용히 기뻐할게, 조용히.

스윽

한리타를
두고 갈 순 없어요,
오라버니.

오라버니가 저를 많이
아껴 주신다는 걸 알아요.

하지만
오라버니께
제가 그렇듯이

한리타는 제게
친동생 같은
아이니까요.

제가 그 아이를
지켜야 해요.

네가 살았을 거라
기대도 하지 않았지만….

자신을 위해
죽었을 너를 대신해

네 이름으로 불리며
네 삶을 사는 저 계집을 보니

왜 이리….

오드득

…고개를 들고
다시 한 번
말해 보거라.

그것이
사실이더냐?

감히 어느 안전이라고
거짓을 고하겠습니까.

14
꿈에서

해묵은…
귀신요…?

애가 어렸을 때에도 막
헛것도 보고 그랬거든요.

그거랑
관계있을까요?

엄마…!

있다마다!
요즘 주변에서
사고가 빗발치지?

이대로 뒀다간
아주 큰일 나겠어.

부적을 쓰면
좀 나을까요?

그게 어디 부적으로
막아지는 건 줄 알아?

액막이 굿을 해야지!

굿…!

굿은
어려울 것
같은데….

얼마쯤
할는지….

다른 점집에선
저 아가씨 발도
못 들이게 할 텐데,

눈 딱 감고
큰 거
다섯 장만 써.

오천….

오천이 갑자기
어디서 솟아나….

엄마.

그러니까
가지 말자고 했잖아.

넌 아무것도
신경 쓰지 마!

엄마가 돈은
어떻게든 할 테니까!

…엄마는
전생이나 업보
같은 게 믿겨?

난 그런 거…

솔직히 곧이곧대로 못 믿겠어.

업 같은 게 있다면 전생의 내가 다 치렀어야 하는 거잖아.

이제 와서 나한테 업보라고 해도 돌이킬 수 있는 것도 아니고…

나 엄마가 그런 거에 돈 안 썼으면 좋겠어.

…….

…처음에는 살인 미수였지.

그 다음에는 실신,

그 다음에는 교통사고…!

엄마도 그런 거 안 믿어!

꽈악

하지만 그게 효과가 있었던 방법인 이상,

엄만 널 도울 수 있으면 뭐든 할 거야!

…나 사실,

되게
운 좋은 거
아닐까?

봐!

엄마 말대로
별일이 다 있었는데,

다 가벼운
찰과상 정도에
멀쩡히 살아 있잖아!

그러니까,
무당이니 굿이니 그런 건
다음에 또 무슨 일 생기면
그때 생각해 보자, 응?

지금은 내가
어릴 때처럼…

다 컸어….

뭐 이상한 걸
보거나 그러진
않잖아.

엄마한텐
그렇게 말했지만….

네가 왜 죽었는지 알아야 천도할 수 있다고 했었지.

…혹시 꿈에서 뭔가 알아냈어?

아니.

하지만 계속해서 이렇게 꿈을 꾼다면

뭔가 알 수 있게 될 거야.

내 꿈 얘기 하기 전에….

내가 태어날 때마다 죽었다는 그 얘기…

자세히 들려줄 수 있어?

무슨 말을 해도 제대로 들을 생각 없어 보이더니,

이제야 겨우 들어 볼 마음이 생긴 거야?

지금도 안 내켜!

하지만 내가 싫어한다고 나한테 일어난 일이 없어지는 건 아니니까,

그래서야.

게다가….

한 번이라도 더 일이 생기면 엄마가 대출 받을 거 같거든….

?

꽉 막힌 것처럼 굴더니….
내가 몇 번을 죽이려고 했는데
날 믿는다고?

좋아라 할 줄 알았는데
반응이 시원찮네….

하지만 이렇게
죽일 기회를
잡는다 해도….

죽일 수 있을까?

내가….

그래서!

얘기
안 해 줄 거야?

멈칫

…하는 건
어렵지 않지만,

참고될 만한 건
없을걸.

제일 처음은
살해당한 게
아니라는 것 정도?

제일 처음?

내
아내였을 때.

하지만 그때도
어떻게 된 건지
정확히는 몰라.

내 아내는 나보다
훨씬 늦게
죽었으니까.

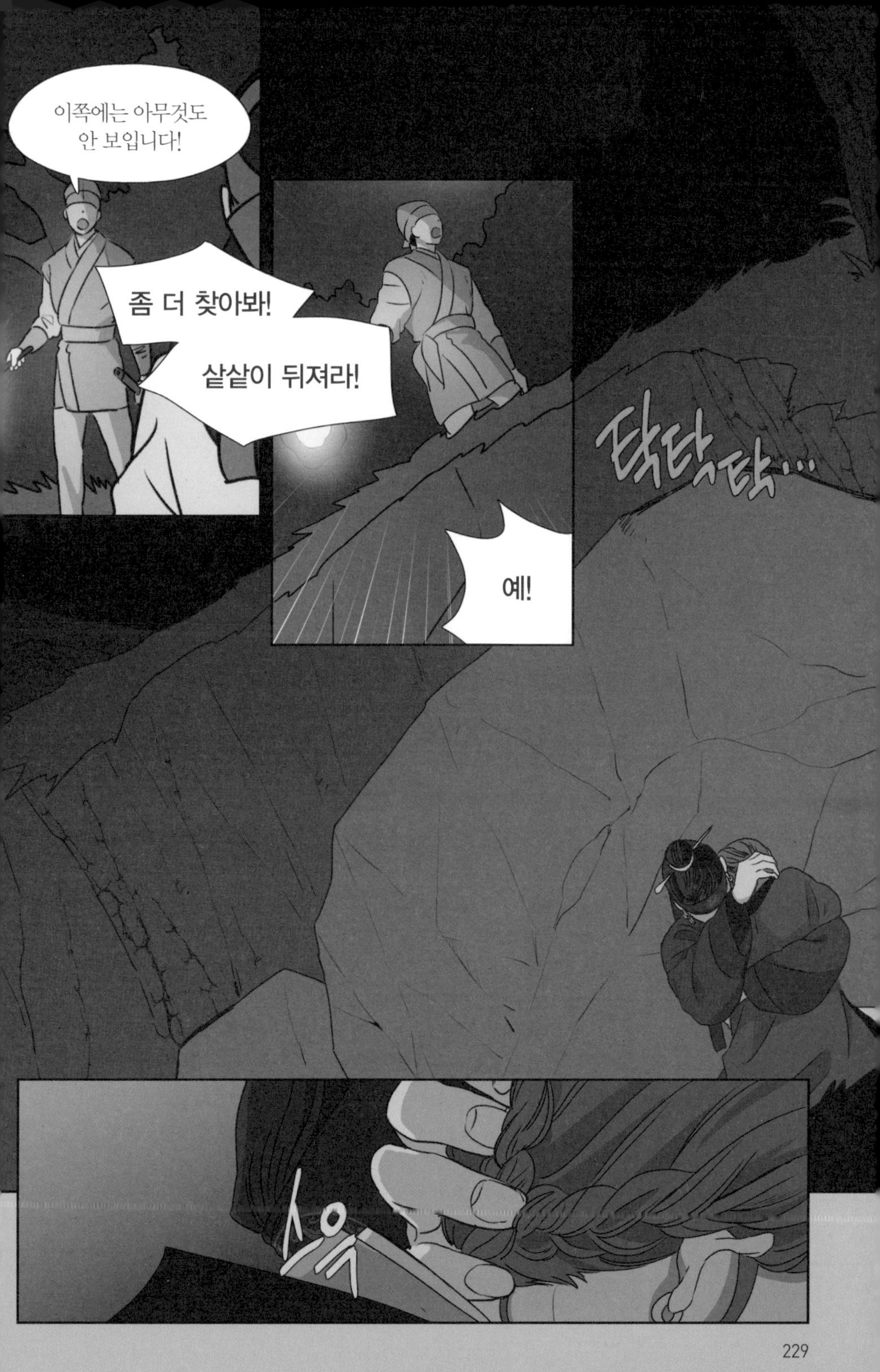
이쪽에는 아무것도 안 보입니다!
좀 더 찾아봐!
샅샅이 뒤져라!
예!
탁탁 탁...
스윽

거기서 꼼짝 말고
기다리거라.

…이쪽으로
오기 전에 빨리
피해야겠군.

…리….

내가 죽은 후에….

이미 죽은 후니까
당연한 거겠지만,
난 의식이 없었어.

내 의지와는 상관없이
아내의 발자취를 쫓으면서

분명 존재하고 있는데도

내가 보고 있는 것이 뭔지

내가 어디에 있는지
아무것도
인지할 수 없는 상태.

그러다 겨우 뭔가를
인지할 수 있게 되었을 즈음….

허억,

헉,
헉⋯.

정신 차리세요,
어머니!

어머니!

아내는
병으로 죽었어.

아들이
있었어?

아니.

?

내 아들이
아니야.

그…
그래?

그 뒤로는
말했다시피.

태어나
살해당하고,

태어나고
살해당하고,

태어나고
살해당하는 게
반복됐을 뿐….

난 아무것도
할 수 없었어.

그래….

…!

죽일 수 있는가는
아무 의미 없어.
죽여야만 하는 거다.

이 지긋지긋한 굴레에서
벗어날 수 있도록….

내 한을
풀어야만 해.

괘…
괜찮아?

힘들면
말 안 해도 돼.

그, 그래.
이제 내 꿈
얘기할까?

나 꿈에서
너 본 거 같아….

잘생겼더라!

…

이 시간에
어딜 나갔다 와!

휴대폰도 없는 게
어디서 봉변당하면
어쩌려고…!

집 앞에
있었어!

휴….

왜…
왜 그런담.

괜히 미안하고
신경 쓰이게.

울 것 같은
표정으로….

주체 못할
정도로 그렇게
힘들었던 걸까….

…이젠 하다못해
동정심까지 들다니,
내가 세뇌하기
쉬운 타입인가?

〈낮에 뜨는 달〉 4권으로 이어집니다.

1. 쓸데없는 노력

작년 겨울

♪

민오한테 톡 왔네.

뭐래?

일요일에 시간 되냐는데? 보고 싶은 영화 나왔다고.

올~ 데이트!

데이트는 무슨, 겸사겸사 부르는 거지~!

그게 데이트지!

어쨌든 주말에 너랑 둘이 만나고 싶단 거 아냐!

!

그, 그런 말 좀 하지 마! 괜히 기대했다 아니면 엄청 김빠지거든!

쾅

쾅

쾅쾅

알았어, 알았으니까 진정해!

하여간 넌 진짜

민오 얘기만 하면 좋아하는 티가 팍팍 난다니까…

테이블 부서져…

미안…

…그렇게 티 나나.

그럼

뭐라고 답장해야 안 좋아하는 것 같을까…?

대체 왜 그런 글러 먹은 방향으로 노력하는 거야?

2. 쓸데없는 배려

답톡 왔네.

...면
이 갈래?

리 둘이
가는 거야?

우리 둘이
가는 거냐고?

...둘만 가는 건
좀 그런가?

다른 친구도
불렀대....

쿠궁-

미안하다...
희망 고문해서.

3. 그래도

너넨 같은
방향이지?

조심해서
가라.

그래.

내일 보자.

내일 봐.

안 추워?
목도리 줄까?

아냐,
안 추워.

출출한데
시간이 어중간하네.

야식이라도
사 가야겠다.

배고프면 말하지.
뭐 먹고 헤어질걸.

늦으면 엄마도
걱정할 거고,

동생 것도
좀 사 갈까
싶어서.

하여간….

4. 형이 아빠도 아니잖아!

이젠 아빠가 안 계시니까,

형이 대신 아빠 노릇을 할 거야.

그러니까 형 말 잘 들어야 해. 알았지?

응….

너 뭐 하느라 이렇게 늦게 들어와?

일찍 일찍 안 다녀?

너 이 자식, 게임할 거면 숙제부터 하랬지.

허구한 날 게임만 했냐? 레벨은 왜 이렇게 높아?

너 이번에 성적 많이 떨어졌다며!

5. 형님은 제 아버지가 아니잖아요!

무릇 백성을 보살피고 다스리는 자들은 멀리 볼 줄 알고 사람 차별 짓지 않으며 포용할 줄 알아야 하는 법.

편협함이란 반대로 자신 주변 외의 것은 보지 못하고, 사랑하지 못하며, 아낄 줄 모르는 것이란다.

도하 형님은 어떻게 저렇게 구구절절 옳은 말만 하시는 걸까?

그런가?

성품은 또 얼마나 올곧으신지!

공자께서 말씀하신 대로 가르치는 거잖아?

결심했어!

나 형님을 아버지처럼 따를 거야!

막상 정계에 나가 보니 글로 배운 것과는 많이 다르더구나.

너도 그걸 유념하렴.

네, 형님!

네가 배운 것만 내세우고 강요한다고 되는 것이 아니다.

글만 읽지 말고 실제로 돌아가는 정국을 파악하거라!

형님, 하지만….

융통성 없이 싸구려 동정심만 고집하는 걸 보니 너도 좋은 정치가는 못 되겠구나!

애초에 너는 스스로 옳다고 생각하면 막무가내인 것이 문제야!

….

…형님이야 말로 제 아버지도 아니시면서…!

차마 대놓고 말할 성격은 아니었다.

6. 동생이 이상해졌다.

동생이 이상해졌다.

충격 먹을 만한 일이
있기는 했지만

마치 사람이
뒤바뀐 것처럼
성격이 변했다.

예전엔 싸워도 금방 화해하는
평범한 형제 사이였는데….

아까 소리 질러서
미안, 형.

오냐.

안 평범함

지금은 거들떠보기는커녕
불러도 대답조차 않는다.

더구나…

꽈!

사랑?
그딴 거
개나 주라고
해!

처음부터 당신
사랑 안 했어!

나한테
속은 거야!

꽈아

악…

내가 당신
속인 거라고!

예전엔 이렇게
아침 드라마를 몰입해서
보는 애가 아니었는데…

부들
부들

부들

이 나쁜…!

깍!

7. 이왕이면

누나!

넌 꼬박꼬박 잘도
찾아오는구나.

점장님이
봐주시니 다행이지,
알바하는 곳에….

용건은 그냥
전화로 해.

휴대폰 쓸 줄
알지?

알지만….

만날 수 없을 만큼
멀리 있는 것도 아닌데
뭐 하러 기계를 써?

…그렇게 따지면
그렇긴 하지만….

그리고

8. 화해

죽을 뻔했다면서,
괜찮아? 벌써 학교
나와도 돼?!

아,
나연아…

미안해, 내가
지원 선배한테 괜한
소리 해서…

와락

나 때문에….

굴썩

아, 아냐…

나야 말로 네가
잘못한 것도 아닌데
괜히 화풀이하고….

와앙

미안해!

우앙

내가 더
미안해!

이렇게 화해한 뒤 제정신을 차리자,
세 시간 정도 서로의 얼굴을
마주 보지 못했다고 한다.

9. 엄마

하여간
딸자식
키워 봐야
소용없어.

뚝덜
뚝덜

엄마가
허리 빠지게
일하는데
도와주지는
못할 말정
친구 집이나
들락~ 날락!

......

엄마아.

백만 원짜리
포옹이니까
이걸로 퉁치자.

...수자
부리지 말고
손 씻고 와,
이것아.

감사합니다!

낮에 뜨는 달 3

1판 1쇄 발행 2018년 1월 19일
2판 5쇄 발행 2024년 2월 7일

지은이 혜윰
펴낸이 김영곤
펴낸곳 ㈜북이십일 아르테팝
미디어사업팀 팀장 배성원
책임편집 유현기
외주편집 윤효정 **표지디자인** 디헌 **내지디자인** 데시그
출판마케팅영업 본부장 한충희 **마케팅1팀** 남정한 한경화 김신우 강효원
제작팀 이영민 권경민 **출판영업팀** 최명열 김다운 김도연 권채영

출판등록 2000년 5월 6일 제406-2003-061호
주소 (10881)경기도 파주시 회동길 201(문발동)
대표전화 031-955-2100 **이메일** book21@book21.co.kr **내용문의** 031-955-2731

(주)북이십일 경계를 허무는 콘텐츠 리더

아르테팝 채널에서 도서 정보와 다양한 영상자료, 이벤트를 만나세요!
페이스북 facebook.com/21artepop   트위터 twitter.com/21artepop
인스타그램 instagram.com/21artepop   홈페이지 artepop.book21.com

ISBN 978-89-509-9424-2 (3권)
ISBN 979-11-7117-196-5 (SET)